Conforme à la loi n° 49.956 du 16 juillet 1949 sur les publications destinées à la jeunesse.
© Éditions Nathan (Paris-France), 1997
© Nathan/VUEF, 2002 pour cette impression
ISBN : 2-09-202024-2. N° d'éditeur : 10106941
Dépôt légal : août 2003
Imprimé en Italie

T'choupi ne veut pas prêter

Illustrations de Thierry Courtin
Couleurs de Sophie Courtin

NATHAN

– Viens T'choupi, voici
Pilou et sa maman.
Mais où es-tu caché ?
Emmène Pilou
dans ta chambre et
amusez-vous bien !

– Oh ! Un ballon
de foot ! Super !
dit Pilou. Viens
T'choupi, on va jouer
dehors ! Tu verras,
je sais très bien shooter.

– Non ! Je ne veux pas
jouer dehors.
Rends-moi mon ballon.
Tu vas casser une vitre !

– Chouette, un circuit !
Comment ça marche,
T'choupi ? Ah !
Voilà le conducteur.
Tu viens jouer ?

– Non, non, pas le train,
tu vas le casser.
C'est moi qui joue avec.
Toi, tu peux regarder,
dit T'choupi.

– Alors, je peux prendre
ta voiture télécommandée ?
J'en ai demandé une
comme ça au père Noël.
Pousse-toi, T'choupi !

– Non, non, je ne veux
pas que tu joues avec
ma voiture.
– Bon, puisque c'est
comme ça, dit Pilou,
je vais m'amuser tout
seul, avec mes jouets.

– Ouah ! Il est beau
ton tracteur !
Tu me le prêtes, Pilou ?
demande T'choupi.
– Non, je ne veux plus
jouer avec toi.

– Tiens, regarde Pilou,
je te prête tous mes
jouets. Alors, tu veux
bien qu'on joue tous
les deux ?

À deux, on s'amuse
bien mieux !